홍콩

민주주의 지키려고 싸우는 모든 양식인들을 위하여

seestarbooks 014

홍콩

민윤기 다섯 번째 시집

스타북스

나 혼자만이라도

그들은 '임을 위한 행진곡'을 부르며 민주화를 외쳤다고 했다. "광복 홍콩, 시대 혁명" 피켓을 들고 행진했던 그들은 '촛불혁명'으로 집권한 대한민국 대통령의 홍콩 민주화 운동 지지 코멘트를 몹시 듣고 싶어 했다고 했다. 또한 공산당 일당 독재에 반대하는 양심세력이라고 믿은 대한민국 예술인들의 응원 멘트도 기대했다고 했다. 그러나 무응답, 무반응이었다. 중국의 위세 때문이었는지 아무도 나서지 않은 것이다.

그 부끄러움, 그 분함, 그 자책감으로 나는 이 시집을 서둘러 펴낸다. 나 혼자만이라도 그들을 지지하고 그들의 편이라는 사실을 알리고 싶다. 홍콩 민주주의가 결코 당신들만의 문제가 아니라는 것, 중국 북한 타이완은 물론 우리 대한민국의 가장 중요한 문제라는 것을 알리고 싶다. 그래서 우리 앞에 드리워져 있는 민주주의의 검은 안개가 하루빨리 걷히기를 소망하면서⋯.

2020년 가을이 오는 날
민윤기

2 – 민주주의

3 – 직박구리

4 – 아이다

5 – 자서와전

1 – 홍콩

홍콩 -서시

향항香港이라고 쓰고 홍콩이라고 읽는다

홍콩 보내 줄까 하면 여자들이 좋아하는 곳
그때처럼 홍콩은 별이 소곤대고, 밤거리에는
나는야 꿈을 꾸며 꽃 파는 아가씨*가 있을까
빅토리아 피크 언덕 위에서 사랑을 예감한 제니퍼 존스*가
바라본 홍콩은 지금도 보석처럼 아름다웠을까

원하는 대로 모든 것을 가질 수 있는 사람들과
원하는 것을 하나도 가질 수 없는 사람들이 사는 곳,

거울에 비치는 게
진실이라고 믿는 사람들과
거울 속에서는 좌우가 바뀌어 보이는
사람들이 사는 곳,

나는 홍콩이라고 쓰고 '희망'이라고 읽는다

*가수 금사향(1929-2018)의 유행가 "홍콩 아가씨"의 한 소절
*1955년 헐리우드 영화 "모정"의 여주인공 한수인 역의 여배우

홍콩의 외침

－학민사조學民思潮*

우리들이 하는 일은 나무와 꽃을 심는 일이라고 생각하고 있
어요 하지만 망망대해 같은 바다에 물 한 방울 떨어뜨리거나
바위를 향해 계란을 던지는 일인지도 몰라요 처음엔 중국 공
산당을 숭배하는 국민교육에 반대해서 모였고 지금은 우리
들의 대통령인 홍콩 행정장관을 투표로 직접 뽑는 보통선거
권을 쟁취하자는 것이에요! 존경하는 인권운동가 시인 류 샤
오보 선생님이 목숨을 바치면서까지 주창하다가 이루지 못한
꿈이었어요 위대한 홍콩 시민들은 백만 명 이백만 명 우리들
을 믿고 우리들을 지지하고 힘을 합치기 위해 광장에 모였어
요 최루탄을 쏴대면 모두들 우산으로 막아가며 빅토리아 피크
에서 홍콩시청사와 입법회 앞으로, 완차이 하이펑 코스웨이베
이 소고 백화점⋯ 걷다가 막히면 무릎을 꿇고 버텼어요 센트럴
광장과 도심으로 진출해서 우리들은 장장 이백칠십일 동안 외
쳐댔어요

광복홍콩光復香港

시대혁명時代革命

*학민사조(學民思潮, Scholarism)는 1990년대 출생한
중학생들을 중심으로 2011년 5월 29일 창립한 홍콩의 학생운동
조직이다. 이 조직의 목표는 홍콩 정부가 강제로 시행하려는
'국민 교육' 철회를 목적으로 한다. 창립한 리더는
조슈아 웡과 이반 램이다.

류 샤오보*의 투쟁은 멈추지 않는다

민주주의를 결코 원하지 않는 중국 공산당 정부는
인권운동가 류 샤오보劉曉波 시인을 죽음으로 몰아갔
습니다
세계의 양심세력의 몰매가 두려워 죽기 직전에야
풀어줬지요
무엇이 두려워 외국병원 치료를 받게 하자는 탄원
도 무시한 채
유해마저 유족에게 돌려주지 않고 중공 정부는
주검을 강제로 화장해 바다에 뿌렸나요

1989년 류 샤오보는 민주화를 요구하는
천안문 시위대 젊은이들을 탱크로 밀어붙이는
중국 공산당 정부의 행패를 보다 못해
미국에서 중국으로 돌아와 민주화 투쟁을 시작했
지요

중공 정부는 기다렸다는 듯이 지목指目했습니다
"류 샤오보 당신은 천안문 사태의 배후자야."
가두고 풀어 주고를 반복하는 동안에도 류샤오보
당신은

공산당 독재 정권에 대한 투쟁을 멈추지 않았습니다

오오, 마침내 2008년 12월 지식인 303명의 서명을
받은
세기의 선언문인 '08선언'을 전세계에 발표한 후 다
시 갇히면서
선언했지요

중국 인권상황을 고발한다!
중국 공산당 일당 독재 정부는 사라져야 한다!

*류샤오보(1955-2017)는 중국의 시인, 작가, 정치평론가,
반체제 인사이다. 중국의 민주화와 인권 개선 운동에 헌신했다.
2010년에 노벨 평화상을 수상했다.

08선언*

자유는 인간의 보편적인 가치를 실현하는 핵심이다
언론, 출판, 신앙, 집회, 결사, 이주, 파업, 시위 등
의 권리를 보장하라
자유 없이 정부 없고 정부 없이 인권 없다
자유 없이 문명을 이야기할 수 없다

인권은 국가의 은혜 베풀 듯 내리는 하사품下賜品이
아니다
모든 사람은 태어나면서부터
누구나,
마땅히,
누려야 할 권리다
정부가 가장 먼저 할 일은 인권이다
법치주의 공권력의 기초이다
'사람이 중심'이라는 내적 요구이다
인민은 국가의 주체다 국가는
인민에 봉사해야 하며 정부는 인민을 위해 존재한다

모든 인간은 평등하다
사회적 지위, 직업, 성별, 경제적 상황, 종족, 피부
색,

종교와 정치적 신념에 관계없이 인격의 존엄과 자유는 평등하다

법률 앞에 모든 사람은 평등하다

주권은 인민과, 인민이 뽑은 정부에 있다

권력의 힘은 인민에게서 나온다

인민은 선거권을 가지며, 선거를 통해서 정무관원이 선출되어야 한다

정부는 "인민을 위한, 인민에 의한, 인민의 정치"를 실현시키는 시스템이다

중국은 오래 전에 제국 황제의 시대가 사라진 나라다

인민은 반드시 진정한 국가의 주인이어야 한다

*중국의 민주적인 정치개혁을 주장한 '08선언'을 주도한 류 샤오보는 2010년 노벨평화상 수상자로 결정되었으나 수상식에 참석하지 못했고 2017년 간암 악화로 가석방되어 치료 받다가 사망했다.

천안문 天安門
— 류샤오보를 추모하며

천안문 광장의 기념비는 망치로 부서졌다

대리석의 글씨와 문양에는 젊은이들의 핏빛 비명悲
鳴이 스며들었다

짓밟고 가겠다고?

자유민주 정부를 향한 청년들은

탱크의 캐터필러와 독재자의 발톱 아래

여린 꽃잎처럼 떨어져 쓰러졌다

청년들은 더 이상 깃발을 들지 못했다

시체 위에 시체, 그 시체 위에 시체가 쌓여

광장은 대낮인지 역사는 한밤중인지 구별할 수 없
었다

총소리에 담벼락이 무너지고, 시간은, 시계바늘은,
격리되었다

착검着劍한 군인들은 그들이 난도질하는

청년들이 중국의 미래라는 걸 몰랐다 붉고 싱싱한
심장은

강철과 맞부딪히면서 태양 빛을 받아 난사되고 말
았다

이 야만의 시간이 잊혀지리라고
잊혀지리라고 기다리고 기다리고 기다렸지만
교묘한 거짓말과 강제한 침묵으로 잊혀지리라고
광장을 바꾸고 무대를 바꾸었지만
허사가 될 것이었다

홍콩에서 발포가 다시 시작되고,
평화적 시위는 폭도로, 평화적 탄원은 일당 독재
앞잡이들
총신을 붉게 달아오르게 할 것이었다
드러운 오물뿐인 시대의 흙탕물을 뒤집어쓰는
청년들은 다시 진격하고 행진할 것이었다

학민사조의 외침

이렇게 하면 민주주의는 꽃이 필 수 있는 걸까요 시민정신은 전해지는 걸까요 무력武力 앞엔 무력無力하다는데 적수공권 우리들은 무장하지 않은 시위대일 뿐이거든요 두려워요 도와주셔요 그래서 손을 잡아야해요 가슴을 함께 해야 해요 누가 누구를 위해 여기있는 건 아니에요 우리들이, 우리들 자신을 위해서, 미래의 홍콩을 꿈꾸는 우리들을 위해서, 공산당 일당독재 중국인이 아닌 민주사회 일등시민 홍콩인으로 이땅에서 오래 오래 평화로운 세계국가 시민으로 살기 위해서요!

죽지 마라

제 명 다 못살고 죽은 젊은이는
가엾다 그곳이 전쟁터이든
민주화 운동이든
천안문에서든
앨라바마에서든
세월호에서든 광주에서든
지하철 공사장에서든

모두 가엾지 않은가
국가를 지키기 위해서라든가
민주주의를 위해서라든가
이념을 위해서라든가
모두 모두 가엾다
사랑을 해야 할 꿈의 청춘이 아닌가

다시는 홍콩에서,
한반도에서, 어느 곳에서든
보고 싶지 않구나
죽지 마라
제발 죽이지 마라

아아, 젊은 생명들이여

나는 영웅 아니에요

1996년생 열네 살 때 중학교 3학년 학생 신분으로 학민사조를 조직해 홍콩 최대 학생 조직의 대표가 되었었습니다 슈퍼마리오나 스타크래프트 게임에나 빠져 있었을 어린 나이였었습니다 홍콩 정부가 베이징 중국 공산당 압박을 받아 '국민교육' 과목을 강제로 가르친다고 해서 이건 나 같은 어린 학생들이 배울 교과서가 아니다 중학생 학우들과 함께 반대운동에 나서 학민사조를 조직하게 되었었구요 국민교육은 어린 학생들에게 중국 공산당을 숭배하게 하는 나쁜 내용의 교과서였지요 뼛속 깊이 공산주의 사상을 세뇌하는 내용이었어요

어른들은 처음에 우리들이 나서서 반대 운동을 벌이기 전에는 국민교육이 왜 악마의 음모인지 몰랐어요 심지어 똑똑하다는 형 언니 대학생들도 별로 대수롭지 않게 생각했지요 열네 살 저는 알았어요 이 교과 과목을 배울 학생들은 우리들이었거든요 딸랑딸랑 말랑말랑 공산당을 따르게 하고 애완견처럼 길들이려는 흉계였거든요 늑대 발톱을 숨긴 양이었어요

나는 죠수아 웡*입니다
타임지 표지에도 나왔어요

제가 스타가 되고 영웅이라서가 아니에요 분명히 말
하지만 나는 영웅이 아닙니다 소년 민주 투사라는 표
현도 싫어요 한 사람 한 사람 학민사조 학우들의 힘
이에요 한국에도 열여덟 살에 아우내 장터 만세운동
을 앞장서서 이끈 유관순 누나가 있다면서요 나는 이
제 스물네 살이 되었어요 국민교육 반대운동 송환법
반대 운동 우산혁명 공안법 반대 운동을 겪는 동안
어느새 여섯 해가 지났어요 내가 가는 길은 좁은 길
이 아닙니다 우리들의 앞에 이루지 못할 길이, 희미
하게 방향을 짐작할 수 있는 길뿐이 이어지겠지만 나
는 믿어요 믿는다고 자신에게 약속하곤 해요 천멸중
공天滅中共! 하늘이 반드시 공산당을 멸망시킬 것이라
는 걸 믿거든요

*조슈아 웡(黃之鋒 Joshua Wong, 1996-)은 홍콩의
청년시민운동가.
학생 민주화운동 단체 '학민사조' 대표

피켓을 들고 달려가자*
—홍콩 센트럴 광장, 2020. 4

찬란하게 빛나는
홍콩의 밤의 커튼이 내려지면
지나가는 시민들의 뒷모습 회색빛 그늘에 묻힌다
하늘의 별자리 하나 하나 덮어버릴 만큼
의미가 존재할까 피켓을 들고 있는 우리들
점점 멀어져 가는 마음과 마음이 두렵다
더 이상 상처받고 싶지 않아
격리당하고 싶지 않아
마음은 희망조차 덮어 버렸을까
그리고 의미가 존재할까

더는 통하지 않을 것 같다
철벽은 높고 몸은 졸립다 더 이상
살아남기 위해 무릎 꿇어야 하나
얼마나 연약할까 우리
얼마나 보잘 것 없을까

세상의 한계와 속박을 뚫자
신념의 방향에 충실하자
어둠 속에 꿈은 가려지고
암담하지만 족쇄 벗어던지고

달려가자 모르겠어 찌질하게 나 몰래
내던져 버린 꿈 생각 행동
얼마나 약하고 보잘 것 없을까
그리고 의미가 존재할까

바람이, 맑은 바람이 불어온다
두 손에 꼭 쥐어지는 떨림
감히 서로 쳐다보지 못해 절망할까봐
기적이여, 피켓을 들고
여기 있을 게 세상의 경계와
마음의 구속을 뚫고 걸어 온
이 길을 바로 인생이라고 부르자

다른 사람들 모두 떠나간 이 길을
이미 우리, 내일은 어딘가에서

*홍콩 민주화운동 시위 당시 불렸던 노래를 조금 고쳐 정리한 것임

소년들과 제국의 싸움

민주주의는 유리다
조약돌 한 개로도 쉽게 깨진다
민주주의는 불이다
심술궂은 바람에도 불씨가 꺼진다

민주주의는 자유주의의 짝이다
자유가 없는 민주주의는 반쪽이다
자유주의는 민주주의 어미다
민주가 없는 자유주의는 고아다

민주주의는 갈길이 멀다
자유주의도 갈길이 멀다

적敵은 속살을 드러냈다
적은 민낯을 들이댔다

독재자는 말한다

민주화 시위대 참가자는 모두 폭도다
민주화운동이라는 건 폭동이다

천안문식으로 밀어버리겠다

국가의 힘은 막강하고 폭력 수단은 많거든

최루탄 물대포 고무탄은 기본이고

대못 박은 몽둥이도 있다

민주주의는 유리다

소년들과

제국의

싸움

이

다

가짜 삼민주의자에게 침을 뱉었다

중국 칭다오에 살던 때 나는 해마다 봄날이면 이국
異國 교배종 벚꽃이 만발한 중산공원中山公園에 갔다 중
국인들은 벚꽃을 보지만 나는 벚꽃보다 중산 쑨원孫文
선생 동상 옆에서 삼민주의를 읽는다 청나라를 무너
뜨린 쑨원 선생이 세우려던 새나라는 민주공화국이
다 마르크스 레닌 추종자 마오쩌뚱毛澤東 중국 공산당
두목은 중화인민공화국이란 나라를 세웠다 타이완으
로 쫓겨난 바보 빙신 장제스蔣介石도 중화민국을 세웠
다 짜고 하는 마작이냐 흥계는 감추고 사이좋게 삼민
주의 명찰을 달았다 민족 민주 민생 삼민주의! 참 좋
은 말씀이다 좋은 걸 베끼거나 따라 한다는 데 딴죽
걸지 말아라

마오는 말한다

권력은 인민을 위해,
감정은 인민과 연결되고,
이익은 오직 인민을 위해서!

중국 공산당의 거짓말이 시작된다 링컨의 게티스버

그 연설문과 쑨원의 삼민주의를 좇는다면서 천안문
에서 민주공화 정부 실현하려는 젊은이들은 탱크로
밀어버린다 일당독재 언론봉쇄 인민무시 역주행은
현재 진행 중이다 티벳 위구르 다음 홍콩 차례다 중
산공원의 벚꽃은 해마다 봄이 되면 만발하겠다 벚꽃
만 보지 말고 삼민주의를 다시 읽어라 삼민주의 가면
을 뒤집어쓰고 알맹이는 하수구에 버리는 놈들아

청다오에서 하던 일 접고 중국을 떠날 때 나는 류칭
공항에서 큰소리로 말한다 쑨원 선생 대신이다 드러
운 사기꾼 집단 공산당이 통치하는 한 중국은 인류의
암 덩어리다 1위안부터 100위안까지 모든 지폐에 모
셔놓은 독재자의 면상을 향해 퉤! 침을 뱉는다 당신
은 삼민주의 사기꾼, 인민의 배신자!

홍콩어사전*
-자유민주의를 위한

홍콩짜유香港加油 -홍콩 민주주의 힘내요

폭력경찰 - 세상에 나쁜 개는 있다. 네가 바로 나쁜 개다

죠수아 웡 - 홍콩 민주화 운동의 아이콘. 소년 대 제국 투쟁의 리더

광복홍콩光復香港 -"절대 불가능하다." 시진핑의 말씀

시대혁명時代革命 -누군가가 대한민국에서 말했지 "민주주의는 피를 먹고 자란다."

우산 혁명 -홍콩의 행정장관 직선제 요구 대규모 시위 때 최루탄을 막기 위해 우산을 썼다.

행정장관 -홍콩대통령이다. 그러나 지금은 베이징 정부 앞잡이다

염정공서廉政公署 -공수처가 연상되는 홍콩 경찰 부패 특별 수사기구다

철회악법撤回惡法 -악법을 철회하라

환아자유換我自由 -우리에게 빼앗아간 자유를 돌려다오

천멸중공天滅中共 -하늘이 대신 중국 공산당을 뭉개버릴 것이다

CCP(Chinese Communist Party) 중국 공산당이다. 울던 아기도 울음 뚝!

정체성 −홍콩인은 자신을 홍콩인 52.9% 자신을 중국인 10.8%

스테이플러 −허벅지에 철심을 박는 홍콩 경찰이 개발한 신종 고문 기구다

오대소구五大訴求 결일불가缺一不可 −다섯 가지 요구 중 한 개도 양보할 수 없다

전민삼파全民三罷 −학생은 동맹휴학, 노동자는 파업, 상인은 장사하지 않는다

2047 −중국에 완전 귀속되는 해. 그래서 홍콩 민주화 투쟁은 독립운동이다

중국필사中國必死 반공필승反共必勝 −낯이 익은 반공 구호다

창천이사蒼天已死 −푸른 하늘(민주화 세력)은 이미 죽었다

황천당립黃天當立 −노란 하늘(황건적 같은 중국 공산당)은 일어나리라

유행遊行 −민주화 시위대를 '놀러다닌다'고 경찰은 비아냥댄다

항인치항港人治港 −홍콩의 주인은 홍콩인이다

복면금지법 −검은 옷 입고 마스크 쓰고 홍콩에 오지 마세요 잡혀가요

데모시스토Demosisto − 홍콩 민주화 세력이 창당

한 정당이다

　　고무탄 –홍콩 경찰이 쓰는 비살상용 진압장비다 근거리에서 맞으면 눈이 먼다

　　후추 스프레이 –한 번 맞아 봐. 신종 진압장비로 등장

　　일국양제—國兩制 –홍콩인들은 중국 정부가 이 제도를 무시한다고 믿고 있다

　　*홍콩어사전은 2020년 8월 현재 미완성입니다

홍콩 -잠시 말없음

홍콩보안법 통과된 후
깃발을 들었다가 체포되었다
코즈웨이베이에서 '홍콩독립' 깃발을 든 청년
자유 홍콩 광복 홍콩 시대 혁명 문자 박은
검은 티셔츠를 입은 청년들이 체포되었다

이것은 이제 시작일 뿐이야
홍콩의 민주화운동은 산산조각이 나는 거야
영장 없이도 잡아가고, 목소리만 커도 체포하고 짓밟는다
홍콩이 아니라 이번엔 베이징 감옥으로 가둔다
표현의 자유 같은 소리하지 마라
이메일 우편물 트위터 개인정보 통화기록
모두 국가보안법이 들여다보겠어

홍콩이 상하이나 칭다오처럼 될 거라구?
꿈같은 꿈을 꾸셔야지 신장 위구르나
티베트 같은 식민지가 되는 거야 홍콩은
독재자의 중국몽은 끝나지 않았어

홍콩보안법이 두렵다면
민주주의 입에 올리지도 마라
일당 독재 거수기 입법회의 새로운 시대
기대하셔들 잠시 말없이

자유의 여신상
-레이디 리버티 상*

홍콩 사자산 정상에,
해발 495미터 한 시간 가파른 경사 돌계단 길 오르면
허리 곧추 세워 솟아 있는 고층빌딩 내려다보이는
곳에
그녀가 서 있었다

방독면을 쓰고
한 손에 우산 다른 한 손에
해방홍콩 시대혁명 깃발을 들었다
안전모와 고글을 썼다 시위대처럼
마스크도 썼고 허리에 패니백도 찼다
고글은 오른쪽이 깨져 있다
시위하다가 그녀 오른쪽 눈을 다쳤다
청년들이 꺼져가는 홍콩의 민주주의를
살리려는 열망을 담은 흰색의
레이디 리버티 상이다

시민들은 불안한 마음을 졸이며 기원했다
축복받지 못할 운명이지만
미국 자유의 여신상처럼 그 자리에
있어만 다오 제발

가슴을 풀어헤치고
한 손에 총 한 손에 깃발을 들고
성난 민중들을 앞에서 이끄는
프랑스 혁명의 여전사처럼

그러나
하루만에 사자상 정상 부근의
레이디 리버티 그녀는 쓰러졌다
붉은 색 페인트가 칠해지고
발목이 잘려진 채 그녀는
살해당했다

*홍콩 민주화 운동을 하는 젊은이들은 1989년 천안문 광장
민주화 시위를 좇아 당시 천안문 광장에 세웠던
'자유의 여신상'을 본떴다.

새 자유의 여신상 등장하다

단 하루만에,
홍콩 사자산에서
레이디 리버티 그녀를 없애 버린 사람들은,
이까짓 거 쇠망치 몇 방으로 파괴해 버리면 되지 뭐
때려 부순 그날 밤 발 쭉 펴고 잠을 잤겠다

그런데 자유의 여신상이 또 나타났다
부활한 모습으로, 똑같은 모습으로 돌아왔다
홍콩 중심가 어린이 매장 입구에
레이디 리버티 그녀가 서 있다
여전히 헬멧과 방독면을 쓰고
한 손에 우산 다른 한 손에
자유홍콩 깃발을 들었다

그녀도 일주일만에 강제로 철거되었다
파괴자들은 철거 작업 후 담배 한 대 피며
별거 아니네 뭐 했겠다

홍콩에서, 앞으로 다시는,
레이디 리버티 그녀를 만나기는 힘들겠다

자유의 여신상이 세워질 때마다
즉시, 즉시, 부수고 파괴하고 없애 버리겠다

오오, 무지몽매한 공산당 권력자들이여

니들은
홍콩인이, 세계인이, 온 인류가 열망하는
자유와 민주주의를 영영 짓밟을 수 있다고
생각하느냐!

그 나라가 중국이냐?

(AP통신, 홍콩) 중국 전국인민대표대회는 6월 30일 오전 홍콩보안법을 만장일치로 통과시켰다. 회의는 15분만에 표결 처리가 끝날 정도로 속전속결로 진행된 것으로 전해졌다. 이 법은 홍콩의 실질적인 헌법인 기본법 부칙에 즉시 삽입해 홍콩 주권 반환일인 7월 1일부터 시행한다. 홍콩보안법은 외국 세력과 결탁, 국가 분열, 국가정권 전복, 테러리즘 행위 등을 금지·처벌하고, 홍콩 내에 이를 집행할 기관을 설치하는 내용으로, 국가전복 등을 주도한 사람에 대해 최고 종신형에 처할 수 있도록 강화했다. 홍콩보안법에 따라 홍콩의 대표적인 민주화 인사인 조슈아웡과 지미 라이가 체포될 것이라는 관측이 나오고 있다.

장자의 나라

공자의 나라

맹자의 나라

노자의 나라

그리고, 관우와 장비와 유비의 나라

그 나라가 중국이냐

지금 우리가 알고 있는 중국이냐

"닭을 잡는 데 어찌 소를 잡는 큰 칼을 쓸 필요가 있는가"고

공자가 말한 중국이냐

이백의 나라

두보의 나라

굴원의 나라

소동파의, 루쉰의 나라

그 나라가 중국이냐
일당 독재 그 나라가 중국이냐

"잉크로 쓴 거짓이 피로 쓴 진실을 덮을 수 없다"고
말한 루쉰의 나라가
지금 중국이냐

그 나라가 진짜 중국이냐

2 - 민주주의

칼잡이의 참회

이제야 알겠다
빈틈없이 살려다 보니
구멍이 숭숭 뚫린다
생각의 알맹이만 좇다 보니
빈 껍데기만 남는다
바람을 막으려고
문을 꼭꼭 닫아 보니
들어오지 못한 바람은
빈들을 휘젓고 다닌다

시를 쓴답시고
어쭙잖은 시인이랍시고
활자의 어깨에 매달려
언어의 장난질 하다 보니
그 말들이 칼이 되고
마침내 내가 휘두른 그 칼에
내 영혼이 상처 입는다는 걸
이제야 비로소 알겠다

피해 호소

시인은 언어에 갇히고
평론가는 구문에 갇히고
철학자는 논리에 갇힌다
종교인은, 이 땅 종교인은 구원에 갇히고,
말씀에 갇히고,
천당에 갇히고,
극락에 갇히고,
시줏돈에 갇히고

할아버지는 요즘 애들이란 말에 갇히고
젊은이는 꼰대에 갇히고
학생은 성적표에, 부모는 스카이캐슬에,
선생은 생활기록부에,
연인들은 아파트 평수에

갇히고 갇히고,
갇히다가 마침내는

세상을 가두고,
정의를 가두고,
빛을 가두고, 사랑을 가둔다
아아, 그딴놈의 정의여,
그딴놈의 사랑이여

우리 생애 최고의 해
―광화문 철야 농성을 하며

　내 이름은 호머야 항공모함 정비공이었지
　큰 가방 들고 고향으로 가는 군용기를 타고 집으로
돌아왔어
　전쟁이 끝났거든 근데 말야 전쟁통에 두 팔을 잃었어
　전쟁영웅이란 말은 어울리지 않아
　국가를 위해서라든가 민주주의를 위해서라든가 그
딴 거는 몰라
　디따 큰 항공모함 지하 정비창에서 닦고 조이고 기
름칠만 했었거든
　니들이 미드웨이 해전은 들어는 봤냐 그날도 새벽에
득달같이 일어나
　밤인지 낮인지도 알 수 없는 어두침침한 정비창에서
　스패너 들고 한창 조이고 있는데, 콰콰아앙
　눈앞에 뜨건 불덩어리가 덮치는가 했는데, 폭발하는
순간
　불에 덴 두 팔을 잃었던 거야

　오늘은 결혼식 날이야
　신랑은 물론 나 호머, 신부는 어릴 적 친구 윌마야
　영화배우보다 이쁜 색시랑 결혼하는 거지
　쇠갈고리 두 손으로 성냥불도 잘 붙이고 카드놀이도
잘 하고

이닦기와 악기 연주도 잘 할 수 있다고 신부에게 말
했어
사랑하고 아끼며 좋을 때나 나쁠 때나 건강할 때나
아플 때나 평생 사랑하겠느냐고 주례가 묻더군

예쓰 예쓰 예쓰!

주례는 죽음이 갈라놓을 때까지 사랑하라고 했어

아아, 그리고 신랑신부 키쓰 키쓰 타임!

십 년 기다린 키쓰야
지금 고백하지만 윌리엄 와일러의 영화 "우리 생애
최고의 해"를
넷플릭스로 본 그날 밤 나도 영화 한 편 찍은 셈이야

사퇴하라 구속하라 사퇴하라 구속하라

고장난 레코드판처럼 우앙우앙 울리는 스피커 구호
들어가며
광화문 서울 한복판 세종대왕 동상 앞에 누워 있었어
해가 지고 단상에 선 사람들이 말아 주는 말의 쉰밥

을 먹어가며
  이윽고 정다운 동지 같은 밤이 찾아왔어
  철야 작정 하고 누워 있는데
  내 바로 위 하늘에 순간 별이 빛나고 있는 거야

  여보세요 저 저 저 저 별 보이세요

  시대가 드러운 똥물처럼 흐르는 이 광장
  북악산 똥구멍을 바라보며 삿대질을 해대는
  아스팔트 국민들을 향해 직각으로 쏟아지는
  여리디 여린 저 별빛 좀 봐 그 별 옆에 있는 초승달
좀 봐
  하느님의 눈썹 같은 초승달은 똑똑똑

  내 뒤통수를 두들겨가며 일어나라 일어나라

  나를 내려다보며 별과 함께 속삭이고 있었어
  들리지 않는 목소리로 말하는 걸 틀림없이 들었어
  너희는 개돼지가 아이다 아이다 너희가 옳아
  쪼매만 기다려라 올해는 너희들 생애 최고의 해가
될 거야
  걱정하지 마라 밤을 꼬박 노숙하는 철야 집회는

야외 벙커 진지 속 백병전이나 다르지 않다
그 밤 내내 서울 하늘을 지키는 별을 바라보며
나는 호머의 쇠갈고리 손을 생각한다
그러다가 아이다 아이다 하고 외쳤어

이건 아이다 아이다 아이다

목소리가 너무 크다

아내는 내 목소리가 크다고, 아내는
나에게 목소리를 줄이라고, 낮추라고
작게 말해도 다 알아듣는다고
아내는 원래 그렇지 않던 사람이 왜
지금은 큰 소리로 말하느냐고
옆방 사람이 잠을 못잔다고, 싫어한다고
아내는 검열관처럼 자꾸만 핀잔을 준다

솔직히 말하겠다, 아내여
내 목소리가 큰 게 아니오, 당신이 예민한 거요, 왜
미리 겁 먹고, 듣는 사람이 싫어할까봐서?
내 목소리가 크다고, 숭한 꼴 당할까봐,
보호하려고 나서는 거요?

민주주의 나라에서
내가 무슨 독립운동 하는 사람도 아니고
불온분자도 아니고

법과 겁

법法이 지켜 주지 못하는
황당한 세상이 되었지요?

불법不法이 제 세상 만난 셈이니
겁怯에 의지해서 살아야겠구나
걱정했어요

비겁卑怯하면
무법無法을 이길 수 있어요

제 친구 개그맨 전유성은
〈조금만 비겁하면 인생이 즐겁다〉는
책도 썼어요

무법은 독선의 사촌
독선은 편견의 사생아
편견의 부모는 오만

어쨌든 폭망暴亡 확실 가문 아닌가요!

이천이십 년 봄부터 여름까지

세상이 바뀌었다

폐렴이라고도 하고 코로나라고도 하고

코비드라고도 하는 바이러스가 창궐하는 동안에도

서부전선은 이상 없고 동부전선은 무사했다

역전驛前에는 창녀들 대신 전도사들이

하나님을 믿으세요 천국이 가깝습니다

피켓을 들었다

시청 앞 광장에 살던 비둘기들은 먹이를 찾아 떠났고

무의도행 여객선에는 새우깡 먹으러 갈매기들이 날

아왔다

전자시계는 꼬박꼬박 열두 시를 가리켰으나 소리는

들리지 않았다

점심을 끝낸 시민들은 아메리카노를 마시고

공사장에서는 십 층 이십 층 고층빌딩들이 올라가고

타로 점술사들은 여전히 사주를 봐주었다

시인들이 시집을 읽는 동안

고속도로에서는 몇 명이 교통사고로 죽고

닫았던 유치원은 다시 문을 열고 개나리 같은 아이

들을 맞았다

세상은 치명적인 깊은 병이 들었는데

아무도 아파하지 않았다 구조조정 통지 없이
해고당한 노동자들은 집에서 십 몇 도의 낮은 돗수의
술에 취해 휘청거린다

봄이 지나가고 여름이 오는데도
이팝꽃은 피지 못하고 무균실에서 감염된 의사들은
생명이 위험하다는 진단서를 받고
엎드렸다

바람과 함께 사라지다

민주주의는 막국수 공장이 아니야
자유와 정의는 현금출납기처럼 뽑아 쓸 수 있는 게
아니야
야구는 구회말 투아웃부터라는 말을 믿는
그대의 희망에 한 표 걸겠어
바닥으로 바닥으로 굴러 떨어져
십삼대 빵!이더라도 역전의 한 방이 있는 거라구
그걸 믿고 끝난 게 끝난 게 아니라는
그대의 믿음에 속고 또 속아도 믿는다구

너무 잔인한 봄
너무 참담한 여름
지독하게 추울 아홉 달의 겨울을 기다리며

무엇으로도 보상할 수 없고
무엇으로도 물릴 수 없는 시대가 흘러간다
허리 두 동강난 시대여!
뒤뚱거리며 뒤로 돌아서서 가는 그대의 등짝이여!

타라의 농장에는 전투에 패배한 북군 낙오병으로

가득 찼어

전투가 끝났나? 하지만 전쟁은 계속 될 거야

내일은 내일의 태양이 뜰 거야*

여주인공 스카알렛이 한 이 말 기억하지?

*영화 "바람과 함께 사라지다"에서 여주인공
 스카알렛 오하라의 대사

지켜지지 않을 것이다

약속은 지켜지지 않을 것이다
무엇 무엇을 하겠다는 정치인
독자에게 사랑받는 시를 쓰겠다는 등단시인
평생 검은 머리가 파뿌리가 될 때까지
당신만을 사랑하겠다는 부부
이 약속은 지켜지지 않을 것이다

만약에 이 약속이 지켜진다면
이 약속들이 다 지켜진다면
나는, 우리는, 국가는, 인류는
반드시 불행해질 것이다

이것이 약속에 대한 나의 결론이다
한 마디 더 하자, 모오든
기다리던 것은 오지 않을 것이다

다시 치욕에 대하여

치욕恥辱이라고 생각하지?
그대들은 받아들일 수 없어
정상적인 게임이 아니야 공정하지 않아
정석도 아니야 이것은 모두 교묘한 음모야
우리는 덫에 걸린 거야

하지만
치욕은 아름답다고 한 시인이 있어
"애 밴 처녀 눌린 돼지머리 치욕은 달다"*

치욕이라고 생각하는 그대들이여!
그러는 사이에 찾아왔던 기회의 손님을
놓치고 말아, 그거 알아?

*이성복의 시 〈치욕에 대하여〉에서 인용

민주주의는 봄에 오지 않는다

서울의 봄이 왔었나요?
기다리는 민주주의는 언제나 지각하고
왜 이제 왔니 하는 순간 사라집니다

민주주의는 겨울도 있고 여름도 있고 가을도 있습니다
겨울의 고통 여름의 열정 가을의 탄식….
지금 우리는 어느 계절의 민주주의를 살고 있나요?
장미 한 송이가 귀하다는 분들 민주주의 한 송이는
왜 하수구에 버리게 두시나요?

꽃이 피는 때라야 봄이라면 민주주의는
피기 전에 목이 떨어지고 허리가 부러지고
찢겨진 연이 되고 말아 바람에 날아오를 수 없는데

다가 오지 마세요

민주주의 지키자는 노랫소리가 들리기 시작하면
민주주의의 바다는 폭풍우가 치고
민주주의의 나비는 약해요 날 수가 없어요
민주주의는 몇 장으로 된 책인가요?

그럴 듯한 서문 이해할 수 없는 본문과 엉터리 결론
그래요 엉터리 결론을 담은 민주주의 그 책

국가안전법이라고도 하고 홍콩보안법이라고도 하는
감찰위원회법이라고도 하고 공수처법이라고도 하는
누가 원조인지 누가 베꼈는지 알고 있지만
말 못해요 그럼 민주주의는 누가 지키나요?

시민들은 사느라고 바쁘고, 청년들은 취준 때문에
시간 없고
어마무시한 법 법 법 법 법 법이 뒤지고 잡아가고 달
려드는데
민주주의의 봄은 왜 숨을 쉴 수 없을까요?

나는 알고 있다

나는 안다
꺼지지 않는 불이 있다는 것을
다 타버린 재 속에도 불씨가 살아 있다는 것을

나는 안다 봄에 난 싹이 꽃이 진 다음 잎을 달고
여름을 견디고 가을이 와도 낙엽을 떨구지 않은 채
겨울을 기다리는 나무가 있다는 것을

나는 안다
새新집을 짓는다면서 새鳥집보다 허술하게
집 지을 자리도 아닌 곳에 서까래 몇 개 기둥 하나
지붕 대충대충
그들이 서둘러 가건물 같은 집을 짓는다는 것을

나는 안다
지금 말을 하지 못하지만 악 악 악 악을 쓰지 않지만
도도하게 흐르는 한강처럼 굽이치며 출렁이는 그
것!
그것이 민심이다 역사다 정의다 양심이다 시대다

검색어

좋은 세상이 빨리 왔으면

좋겠다고 소망한다

검색어를 입력했다

자유

민주

타다 남은 재에 다시 불을 붙이자

1
시인이라는 명찰을 달고
한 다발의 꽃을 들거나
한 편의 시를 써 가지고
열네 살의, 부다페스트에서 죽은 열네 살의 소녀
앞으로 나설 용기가 없다
스물한 살 서울 사월혁명 깃발을 쳐들고 독재 정부
물러가라
군용 지프에 올라 타 외치다가 수유리 국립묘지에
묻힌
여대생 무덤에도 참배할 용기가 없다
그들은 죽음에 무슨 가치가 있고 의미가 있느냐고
원한 가득 찬 목소리로 질문할 것이다
생명은 사막이다 감옥이다
나무도 필요 없고 물도 필요 없는
꽃도 필요 없는,
이 세상에 왔다가 잠시 머문 부호 같은,

2
타고 남은 재에
다시 불을 붙여 따뜻한 시가 되게 하자
떫은 과일이 익기를 기다리자 혼돈 속에서 무르익어

장미를 받고 싶어하는 사람에게 바치자
진격! 무자비한 명령으로 휘두르는 몽둥이 앞에
열을 지키고 꼿꼿이 저항하던 홍콩 센트럴 광장의
학생들의 팔뚝을 기억하자
죽은 영혼들이 떠날 때는 비겁한
배웅은 하지 말자 겁에 질려 그때
머리를 처박고 숨지 않았는가

나를 세워놓는 우선멈춤

지하철로는 삼십 분이면 갈 수 있는 광화문까지
왕십리에서 나는 가끔 걸어서 출근한다 청계천
흐르는 물속의 잉어 떼도 구경하면서
이럴 때 하늘이 이불이라면 서울은 커다란
침상이겠지 그럴까 그냥 따뜻한 온기가 느껴지는
온돌방이라고 하는 게 더 좋겠지

왕십리 집을 나와
십 분 지나고 삼십 분쯤 서울 숲 쪽을 건너다보며
며칠 전에는 새소리가 들렸었는데, 살곶이 다리 앞
쉼터 삼아 머물던 지점 걸어온 길 뒤돌아보며 마장동
방향으로 가다가보면 오늘도 만나게 될까
머리띠 매고 조깅하는 오십 대 아저씨
저 꽃이 능소화 맞죠? 물어보는 아주머니들

좋은 아침이에요 좋은 하루 되세요
아침 인사 나누면서 희망을 주고받겠지.
오늘은 속상하는 일 좀 없었으면
하는 순간 너무 아파 병원에 입원했다는 친구 전화
밥 한 번 먹자던 선배가 죽었다는 문자 메시지 –

갑자기 길이 보이지 않고 다리가 휘청, 머릿속
정리했던 단어들이 조작조각 소멸한다

버리려고 하면 마음속에 들어오는 욕망의 점령군
가지려고 하면 바람처럼 빠져나가는 삶의 미련들

어느새 삼십 분이면 도착할 수 있는
광화문이다
우선멈춤 같은 표지판처럼
나를 세워놓는,

빠냐?

빨아대니까 기분 좋냐
대가리가 깨져도
계속 빨겠다 이거지

운동권이라면
차라리 조기축구나 하든지
아예 운동장에나 처박혀서
누워서 팔굽혀펴기나 하든지

오케이목장에 결투하러 나온
권총 한 자루 든 정의의 보안관 와이어프 상대로
패거리로 기관단총을 쏴 대듯 하니 좋냐

계속 빨아댈 거냐?
청와대 출장소라는 비난
세상에 나쁜 개들도 있다는 비아냥
프로파간다 나팔수 기레기라는 욕질

할 테면 하라며 계속 빠냐?

3 – 직박구리

직박구리

스님이 마당을 쓸고 있다

낙엽 한 잎 휴지 한 장 없는 마당이다
깨끗한 마당을 왜 쓸고 계십니까 스님

스님이 대답하신다

지금 내가 쓸고 있는 건
마음속 켜켜이 쌓인
온갖 번뇌라오

그때 직박구리 한 마리가 마당으로 내려왔다

편견의 칼

자작나무 은빛 피부에
칼로 그은 것 같은 상처가 있는 것을
보았습니다.

나는 너무 많은 칼을 갖고 있습니다

사랑한다는, 지지한다는, 믿는다는, 기대한다는,

마구 휘두른 칼입니다

두 번 피는 꽃

한 해 두 번 피는 꽃*이 있습니다

봄에 한 번 가을에 한 번

너도 그랬으면 좋겠습니다

한 번은 젊었을 때

그리고 지금 또 한 번

*제라늄은 일 년에 두 번 핀다

사람과 책

세상의 모든 책은 사람이다!
라고, 신촌 글벗서점 담벼락에는 써 있다

천만의 말씀이지!
세상의 모든 사람이 책이지!

한 페이지만 읽어도 알 수 있는 사람
마지막 마침점을 읽어도 뭐지?
알 수 없는 사람

내용은 빈 깡통인데 표지만 요란한 양장본 같은 사람
곁에 두고 읽고 또 읽고 싶은 사람

나는 요즈음 신간 대신 헌책을 사러다닌다

그리움에 대한 오해에 대하여

'보고 싶어 애타는 마음이 그리움'이라고
이희승 국어사전은 말한다
여러분은 이 말을 믿습니까?

애타기는커녕 아무렇지도 않다가 문득,
그렇다 뜬금없이 그리울 때가 있거든
보고 싶지는 않은데
돌아가고 싶은 젊은 시절이 있거나
잡히지 않는 어떤 대상이
그리워질 때가 있다고.

그런 그리움이 남아 있는 나는 행복하다

그리움은 채굴이 다 끝난 폐광이 아니다
추억의 보물창고다
다 씹어먹다 버리는 종이컵이 아니다
빨면 빨수록 달디단 초콜렛이다
오징어다리만큼 질기고 찝찔한 눈물 맛이다

내게 그리움이 없다면 돌아갈 집도 없겠다

나 자신에게 항상 충고한다

그러나 그리움에 너무 빠지지는 마라

아무리 가벼운 그리움이라도

치료하기 힘든 치명적인 상처를

입을 수 있는 중증일 테니까

모자를 써야 하나

모자帽子를 써야 하나
나이를 먹으면
머리가 빠진 모습을 가리거나
열받아 뜨거워지는 것을 식히기 위해

모자를 써야 하나
나이를 먹으면
달아나는 지혜를 붙잡아두거나
떨어지는 열정의 온도를 지키기 위해

모자를 써야 하나
나이를 먹으면
굳어버린 아집을 감추고
스스로 가둔 외로움을 구해내기 위해

하지만 나는 모자를 쓰지 않겠어
나이는 먹을만큼 먹었지만
머리는 빠지지 않고
달아날 것 같은 지혜도 없으니

사과론

사과를 깎지 마라

껍질째 먹고 싶다

받은 사과는 우적우적 잘근잘근

단물이 나올 때까지 씹어먹어야지

대신 사과 깎는 칼은 맡겨라

사과 하지 않는 사람이 있으면

통째로 사과를 먹여 줄 테다

시는 쓸수록 가벼워진다

시는 쓸수록 가벼워지데
젊은 시절 써갈긴 시들은 너무나 무거웠지
설익은 수사법으로 사유인지 뭐 그딴 중량 때문에
넘어져 영혼의 코가 깨지고 말았지

시는 세상이 보일수록, 세상의 길이 보일수록
차츰 가벼워지다가
그 길의 끝이 보일 때쯤엔
아애 깃털처럼 가벼워지리니

마침내, 나는
날개도 없이 훨훨 날아가겠네
무한 무중 무형 무념의
세계 속으로

그대는 단지 시인일 뿐이다

잊지 마라 그대는 시인이다
혁명가가 아니다
정치인이 아니다
누구를 가르치는 선생이 아니다
생물학자도 아니다
그대는 다만 시인일 뿐이다

잊지 마라
그대는 시인이다 심령술사가 아니다
국어학자가 아니다
역사가도 아니다
수학자도, 과학자도 아니다
그대는 다만 시인일 뿐이다

시인은 시를 쓰는 사람이다
자랑스런!

정신차렷!
그대는 시인이다

윤동주 나태주 안도현 대신

꽃은 나태주 시인에게 주고
별은 윤동주 시인에게 주고
연탄재는 안도현 시인에게,

그대신 나는 지금
제비다방 옆 박인환네 집 근처에서
외롭지만 외로움 눈치 채지 못하게

남은생
인기없는 시잡지 만들면서
시인들과 연애하려오

나는 항상 미수범

훔쳐야 하는데 훔치지 못했어요
그러니까 절도 미수예요

훔쳐야 죄가 안 돼요
미수는 죄가 돼요

속여야 하는데 속이지도 못했어요
속이려고 하는 순간 들켜 버렸어요

독자의 마음을 훔치고
진짜처럼
속였어야 하는데

산행보고서 – 퀴즈 첨부

깎아지른 벼랑길에서는 사고가 나지 않습니다.

남녀 사이 은밀하게 벌어지는 접촉사고는 예외입니다.

급경사 오르막길은 항상 무사합니다.

히프를 밀어주고 손을 잡아주는 스킨십 덕분입니다.

완만한 하산 길 내려오다 "다 와 가네" 할 즈음 자주 넘어집니다.

그저 삐끗 했겠거니 했는데 엑스레이 찍으면 골절 큰 부상입니다.

이상하게 누군가를 향해 미운 생각을 품거나 욕질이라도 하면

틀림없이 미끄러지고 넘어져 다칩니다.

하느님 재판장의 즉결재판입니다.

"등산로 아님" 이런 표지판 있는 곳엔 꼭 기막힌 절경이 있습니다.

지리산 천왕봉 앞으로 삼백 미터, 그 구간이 생애 가장 힘들었습니다.

등산 중 그때까지 올라온 길 뒤돌아보면

'저 코스를 내가 올라왔어?' 하고 대견하고 까마득합니다.

하산하다가 발을 멈춰 올려다보면 정상의 모습은 보이지 않습니다.

뒤돌아보지 말고 얼른 하산하라는 처세론입니다.

여기서 퀴즈!
좋아하는 산 하나를 천 번 이상 오른 사람과
평생 천 산 등정 목표 세우고 산에 오른 사람 중
누가 더 행복할까요?

화분

마음에 바람이 분다 자주

창문에 화분 하나

놓아야겠다

시금치는 기가 죽고 상추는 뻣뻣하다

시금치는 늘 기가 죽어 있다
뽀빠이가 아닌 나도 늘 보들보들한 시금치를 먹는다
아내는 양념을 너무 많이 뿌린다
상추는 넉넉한 접시에 담겨 있다 늘 뻣뻣하다
양념으로 뿌린 고추가루도 상추의 자존심을 간섭
하지 못한다
콩나물국은 숨숨하니 제맛이다

나는 찌개의 유혹을 뿌리치지 못한다
간이 딱 맞는 된장 때문이다
밥상에서는 영역싸움이 끝나지 않는다
잘 보여 간택받으려는 갈비살 계란프라이
이럴수록 무심해야 한다 무른 살의 깍두기와
어제도 오늘도 등장하는 겉절이
소금 더 이상 털어내고, 물고, 빨고, 씹지 마라

세상은 밥상이다
인기있는 놈들은 일찍 그릇에서 사라진다
식사가 끝나도 존재 자체가 인식되지 않는 놈들은
접시를 깔고 앉아 분리통에 버려질지 모른다
김 고추 어묵 나박김치 튀각 오이지 같은 것-

상추는 언제나 뻣뻣하다

모두 안녕

나는 여행가방을 비우고 떠난다

낯선 거리에서 만난 우체통에
항공엽서에 적어놓은
소식은 단 하나

소멸
투신

세상은 넓어도 숨을 곳은 없다

시인은 무엇을 하는 사람인가에 대한 진단

통증의사는 통증을 만집니다
정신과의는 고민을 상담합니다
치과의사는 이빨을 뽑습니다
썩은 충치 무너진 잇몸 빠진 사랑니는 외면합니다

그런데 나는
세상과 인생의 모든 것을 보려고 한다면서
망가진 글자와 떨어져나간 획이나 찾아냅니다

시인은 무엇을 하는 사람인가에 대한 답을 얻기에는 틀
렸습니다

4 — 아이다

내가 나에게 다짐하는 결심
–아이다* 시편 1

분노 한 움큼쯤은 감추고 살자
나는 별을 가리켰고 너는 꽃을 주었다
별똥별인지도 모른다 나는 비로소
세차게 흐르는 강으로 뛰어들 수 있다
깊은 바다에는 가까이 가지 말자
축축하게 젖은 성냥개비로도 불을 붙일 수 있다

빈틈없는 사람 되려고 하지 말자
단추 꼭꼭 채우고 얼른 지퍼 올리려고 고생하지 말자
하늘과 땅 사람과 사람 빈틈이 있으면 어떠랴
가로세로 아귀 딱 맞추고
방풍 방음 직각 네모 편견의 칸 만들지 말자

열매만 따려고 하지 말자
삽으로 땅부터 파자
심장에 불 지르지 말자
물봉선 그늘에 떨어진 홍시에 바람이 든다

더하기는 어렵다 뺄셈이 더 어렵다
소설책은 첫 장부터 읽지 말자

*아이다는 '아니다'의 경상도 사투리

패를 던지며
-아이다 시편 3

한 장 남은 패를 던지면 게임오버다
봄은 지나가는 자막字幕이다

나는 대사나 비명 대신
지금 애드리브를 반복하고 있다

핵폭탄은 필요 없다
단 한 마디면 사람 하나 간단히 죽일 수 있다

너무 작은 소리로 속삭이지 마라

때는 없다
-아이다 시편 5

다 때가 있다는 말 믿지 마라

꽃이 필 때 지는 꽃이 있다
꽃이 질 때 피는 꽃도 있다
어떤 꽃은 뜨거운 태양으로 자라고
어떤 꽃은 태양을 피해 눅눅한
응달에서 핀다

퇴직할 나이에 취직하는 사람이 있다
취직할 나이에 퇴직하는 사람도 있다

때가 되지 않아도
귀는 순해지고 눈은 어두워진다
머리는 가벼워지고 발은 무거워진다
말은 적어지고 목은 미워진다
그리고 이빨은 숭숭 빠지고
입은 착해진다

다 때가 있다는 말 믿지 마라

찌그러지면
−아이다 시편 6

'찌그러지다'는 동사다

짓눌려서 여기저기
고르지 않게 우그러지다
살가죽에 쭈글쭈글 주름이 잡히다
형편이 펴이지 않고 점점 어렵게 되다

바나나가 찌그러지면
비니니
고구마가 찌그러지면
고구미

그렇다면
대통령이 찌그러지면
두통령
민주주의가 찌그러지면
문주주의
아이가

어전회의가 열리는 광화문에서

-아이다 시편 7

광화문에서는 매일 세종임금 어전회의다
황희 국무총리 정약용 경제부총리
이퇴계 교육부총리 이율곡 국방부장관 이순신
해군장관 권율 육군장관
다 모였다 이제 국정을 의논합시다 네 폐하

내시 같은 참모들에게 둘러싸여 있으면 나라
가 끝장이다
입에 착착 달라붙는 듣기 좋은 소리는 독이다
듣고 싶은 건 도승지가 써준 메모가 아이다 폐하
나라곳간으로 도탄에 빠진 백성들 살릴 수 없
다 폐하

광화문에서는 매주 태극기 집회다
삼일독립운동 때 들었던 태극기다
만민공동회처럼 열린다 신문고를 두드린다
그럼 막 나가자는 거죠 외눈박이는 이제 끌어
내자
해는 져서 어두운데 갈길은 멀다

무엇이 두려운가요?

잘못 접어든 길도 길이라구요?

드러운 죄목 뒤집어 씌우고도

소신에겐

열두 척의 배가 있습니다를

기대하고 계시나요 폐하

고정관념
-아이다 시편 8

바다에는 고래만 산다고 생각한다
바다에는 상어만 산다고 생각한다
그러나 바다에는 멸치 같은,
고등어 쥐치 놀래미 볼락 같은
작은 물고기들이 더 많이 산다

정글에는 코끼리만 산다고 생각한다
정글에는 사자 같은 맹수만 산다고 생각한다
그러나 원숭이 침팬치 같은,
도마뱀 기린 얼룩말 사슴 노루 같은
착하고 약한 짐승들이 더 많이 산다

미국에는 하버드대학,
영국에는 옥스퍼드대,
프랑스에는 솔본느 대학만이
명문대학이라고 생각한다.

이 한심한 고정관념에 잡혀 있다!

도대체
－아이다 시편 9

시인들은 별을 노래하고
시인들은 꽃을 보여주지만
시인들은 바람을 보았다고 하지만

오늘 시를 쓰면서
오늘 시집을 읽으면서
시가 필요하다고 말하지만

패랭이꽃 한 송이에도
우주가 내려온다고 말하지만
시가 영혼을 치료한다고 하지만

무슨 말씀이냐
도대체 말이 되는 말씀을 하셔야지

5 – 자서카전

그해 유월
   − 1957년 초여름

고향이라고 하지만
숭인동 시외버스 터미널에서
버스 타면 한 시간이면 도착하는 곳

시골이라고 하지만
면사무소 양조장 초등학교 중학교 공민학교
우체국 보건소 한약방 지서 장터 있을 것 다 있고
한국전쟁 참전부대 터키군 여단사령부가 들어선
황토 흙 뒤집어쓴 철조망 가 신작로
유월 한여름 정오

터키여단으로 모여라
보리 패는 오뉴월 여름 한낮
문둥이 피해가며 오디 따 먹고 보리 깜부기 패는 시절
터키부대 연병장 우듬지 없는 죽은 느티나무 아래
터키군 병사는 눈 가리고
올가미 씌운 채 머리 숙이고
만 잔등 위에 앉혀져 있었다

탕 탕

총소리가 울리더니
병사는 목매달려 버둥거렸다
윗동네 아주머니에게 양키물건 사준다고
사기 치다 사형당하는 거래
어른들은 쑤근대고
애들은 얼른 집으로 가라

그후 마을은 더 흉흉해졌다
집집마다 대문을 걸어잠갔다
아랫동네 웃동네 문둥이가 애들 간을 노린댄다
상이용사가 처녀애들 잡아다 팔아버린댄다

보리는 누렇게 잘 익어가고 있었다

그 사월 벚꽃 지던 날

− 1960년 4.19

1

창경원 벚꽃이 무더기로 지는 날이었다

중학생이 된 나는 어려운 삼각함수 때문에
첫 중간고사 시험을 망쳤다
그날 어깨가 축 처져 돌아온 나를 보더니
외할머니가 소리쳤다
효자동 쪽이랜다
총소리가 나고 난리도 아니구나
중림동 약현 성당 미사 마치고 돌아오시던 외할머니
절대 집 밖으로 나가자 말아라
하시며 세상이 어떻게 돌아가는 건지 참,
혀를 차셨다

2

창경원 벚꽃놀이는 진작 끝냈어야 했다
다음날 아침 신문엔 벚꽃보다 더 많은
꽃들이 죽어 나자빠져 있었다
외할머니는 하염없이 우셨다
외삼촌은 곁눈으로 신문을 훔쳐보는 내게
자꾸만 역정을 내셨다

학교 갈 준비 안하고 뭐 하냐!

만리동에서
- 1963년 초겨울

지금은 서부역
늘씬한 유리벽 역사 부근
마루보시 창고가 먹성 좋은 짐승 아가리처럼
커다랗게 입을 벌리고 있던 곳
움푹 파인 아스팔트 길바닥에는
야구공만한 말똥이 굴러다니던,
흙탕물 튀기며 군용 지프가 들락거리던,

만리동 철도관사 삐걱거리는 2층 한 귀퉁이
타마구 냄새 진동하는 작은 다다미 방
청운의 꿈 품고 시골에서 올라온
중학생 소년의 꿈이 잠자고 있다

밤이면 밤마다
수 백 도 불빛 영화촬영장 콘세트 벽 틈으로
하늘나라 천사 같은 여배우들
진한 도랑 화장 칠한 자태 훔쳐보다가
밤새 수음을 해대던 곳

소리도

-1968년 여름

소리도라는 섬이 있지, 들어는 봤냐?

남해 바다 날씨 소개하는 일기예보 아가씨가
다음은 남해 바다 날씨를 말씀드릴게요 하면서
소리도 앞바다 하는 그 소리도야

아주 작은 섬 소리도 하면 웬일인지
풀잎에 스치는 바람소리라도 들릴 것 같으다
지금도 그리워 그 소리도에서 랭보처럼 보냈던 여
름 한 철,
랭보는 무슨놈의 랭보겠어 걍 스물한 살 입영통지
서를 받아놓은 한심한 청춘이었지 뭐
내 인생 전반전은 이렇게 끝나고 마는가 무슨 혁명
거사 일처럼
입대 날짜 달력에 표시해두고 고기잡이하는 친구
네 어장막에서
어부들과 함께 먹고 마시고 취하고 놀고 싸우고 자고
물때 맞춰 그물을 거두러 바다로 나가곤 했어

그 소리도에서 잠시
그물질 하다가 청춘의 끝 같은 막막한 수평선 바라

보다가

　보았어 푸른 하늘 열한 시 방향으로 꼬리를 길게
늘이면서

　그려지는 비행운飛行雲!

　방금 전 걷어올린 그물 속에는 순은빛 비늘 선명한
삼치떼가

　그물 찢을 듯 머리 들이대며 용솟음치고 있는데,
저, 저, 저

　비행운 속으로 달려가고 싶데, 목덜미 아플 때까지
쳐다보는데

　비행운은 금방 너덜너덜해지고 소멸되어 버리데,

　내 청춘의 전반전처럼

여자는 한 달에 두 번 태어난다
-1982년 봄

그해 봄 마침내 나는 격주간 여자잡지를 창간하느라
한 달에 두 번씩 기자들을 죽여야 했다

독자를 위해
밥벌이를 위해
타락을 위해
사장님을 위해
판매율을 위해

베트남행
-1969년 부산부두, 옛날 일기장에서

스물두 살 때 그때 나는 미해군
병력수송선 바레트 호 선실에 있었다
잉글버트 험퍼딩크의 "스페이니시 아이스"
씨씨알의 "프라우드 메리" 같은, 의미도 모르는 채
팝송을 따라 부르면서
가진 것이라고는 두려움과 호기심뿐
애국심 같은 건 뭔지도 몰랐다

안전벨트는 아예 매지도 않았다
아니다 안전벨트 같은 건 없었다

자유통일 위해서 조국을 지킵시다
조국의 이름으로 임들은 뽑혔으니

부산 국제선 부두에서 손 흔들며
불러대던 세일러복 여학생들
꽃다발을 건네주던….

아 그 때, 내 청춘 몇 줄은
그렇게 썩어지고 있었다

우기雨期, 고보이 들
-1970, 퀴논

　그해는 우기가 길었어
　12월이 다 지나가도록, 다섯 달이 넘도록 비가 내렸어
　사수射手 김병장은 말했어 제대 말년인데 이게 뭐야
　이느무 나라에선 하느님도 미쳤나봐 언제까지 눈물을 질질 흘릴 거야
　풀숲을 기어다니는 도마뱀도 자꾸 미끄러지고
　연탄재 같은 이불을 덮은 하늘은 옆구리가 찢어졌는지
　자꾸만 새고 있어 부산항에 나온다고 했다던 제대 말년
　김병장 애인은 엽서 한 통 보내고 시집갔다나 살아만 돌아오라고
　몇 년 동안 장편소설 같은 비밀 연애 했다더니 세 줄로 끝내네
　누군가가 구정舊正 공세攻勢에 안케 패스가 뚫렸다든가
　이번 작전엔 월맹 정규군이 밀고 들어온다고 했어
　매복을 하고 돌아온 다음날은 프라우드 메리나 그린그래스 어브 홈 같은
　판을 돌려댔지 울산 큰애기가 맹호 혜산진부대 박

중위님께 보내는 곡이라는군

톰존스 씨씨알을 단골로 신청하는 처녀였지 신나
는 노래거든

고향의 푸른 잔디를 빨리 함께 밟자는 뜻일 거야
아마

퀴논방송국 앞에 있는 59후송병원으로는

앰블런스가 코맹맹이 소리를 울려대며 계속 들어
가더군

이번 작전에는 전사자가 많은가봐

누군가의 아들 누군가의 애인 누군가의 오빠들이

속절없이 죽었나 봐 아유 무서워 아유

도대체 이느무 우기는 언제 끝나는 거야

판초 우의雨衣를 뒤집어쓰면 뭘 해

몸은 물수건처럼 젖어도 정신은 바짝바짝 마르는데

흑석동 캠퍼스
-1972년, 가을

캠퍼스는 망명정부 같았다
침략군 공격에 도망쳐버린 망명정부 같았다
제적과 강제입대에서 살아남은 학우들은
모두들 '이력서'라는 총을 들고 취직전선으로 나갔다
나는 반쯤 잠겨 있는 도서관에 가서 거만한 말투로
전후문제시집*과 보들레르*를 대출해달라고 했다

먼저 빌렸던 카뮈는 아직도 반환하지 않았다

월남전쟁 종군 복학한 나는 늙은 조교와 함께
마치 망명정부 수반처럼 캠퍼스를 쏘다녔다
나 역시 당장 코앞에 닥친 건 '취직'이었다
여러 장의 '이력서'를 연애편지 숨기듯 써가지고
신문 사회면 구인구직 난을 뒤져 보냈다

언제 그분을 만나게 될지 몰랐다
본관 앞에는 낙엽이 떨어져 흩날리고
학생관 1002호 강의실엔 '휴강'이라고 써 붙여져 있었다

그때 나는 세상에 대해 '항복' 대신 선전포고라도
했어야 했다

　캠퍼스를 나왔다
　은로초등학교 입구 하숙집 부근
　통술집에는 온통 '전사자' 같은 몰골로 돌아온
　학우들이 전황을 이야기하고 있었다
　안주도 없이 아무리 마셔도 취하지 않았다

　가슴 속으로 절망이 탱크처럼 쳐들어왔다

*신구문화사의 『전후문제작품』 전집은 1970년대
　문학도들에게는 필수서적이었다.
*보들레르의 『악의 꽃』은 한 줄도 이해하기 어려웠다.

통행금지 해제 후 첫 번째 봄
-1982, 서울

서른여섯 살이 되었다
마라톤으로 치면 인생 반환점이라고 생각하였다.
오판이었다. 결승선은 보이지도 않았다.

새해는 금요일부터 시작되었다. 초하루 선물은 통
금 해제였다.
지난해까지는, 아아 매일 밤 열한 시가 지나면 야
경꾼 딱딱이 소리가 들렸다.
경찰들은 임검나왔습니다 여관방 뒤지고 다니며
불온세력을 잡아냈다.
그리고 새벽 네 시에는 어김없이 사이렌이 울렸다.

야간 통금이 해제되자 밤은 너무 많고, 술집은 도
시를 점령하고
찌라시가 뿌려지고 유혹은 길바닥에 널렸다.
심야족 오렌지족 야타족 족족족들이라는 신인류
가 나타났다.
새벽 두 시에도 편집회의가 열렸다.
통금에 쫓길 일이 없어 시간을 팡팡 헤프게 쓰기
시작했다.
결혼 때 찾아쓰려고 든 적금 꺼내쓰듯 사랑을 낭비

하는데도 몰두했다.

하지 말라 부르지 말라 쓰지 말라는 구호 대신
하라, 써라, 불러라, 마음대로, 조까는 대로 눈치
보지 않고
배우들은 몽땅 벗고 감독들은 벗기고 작곡가들은
4분의 4박자를 버리기 시작했다.
계속 쉼표는 늘어나고, 느낌표가 구문과 문장 속을
기어다니다가 드러눕자
시인작가들은 마침점을 잊은 채 동사 부사 형용사
에 갇혀버리고 말았다.

프로야구가 시작되었다.
나는 한 달에 두번 박재삼 시인과 명동칼국수를 먹
었고
삽화 다 되셨어요? 카프카 소설 주인공 같은 김영
태 시인에게
전화를 걸어야 했다. 엠비씨 청룡을 응원하는
나는 아들에게 청룡팀 유니폼을 사다 주었다

투화投花
–2020년 7월

오늘은 꽃 한 다발 사들고
어디, 신사동 옆 한강 다리로 가거나
미사리 쯤에 가서
한 시절 친구처럼 만나 함께 일하고 사랑했던
친구 친구 친구 친구
기억 속에서 잊혀지기 전에
무심하게 흐르는 시간의 강물 위로
한 명씩 이름 부르며, 불러가며
꽃 한 송이씩 던지고 싶네

무엇이 급해 나보다 먼저 떠났느냐
우리가 언제든 떠나야 할 곳으로

현미야
영종아
용수야
규형아
세롱아

흐르는 강물 따라

그 꽃 송이도 흐르고

어쩌겠니 꽃 송이 따라 그 친구들

사랑도 멀리 멀리 떠내려 가겠지만

유월항쟁* 그날
-1988년 6월

석간신문이 배달된다
그리고 잠시, 검은 헤드라인이 침묵을 요구한다.
창밖에 바람이 분다. 1988년 6월 어느날
돗수 높은 안경을 쓴 젊은이 한 명이 지나간다
길모퉁이 바람은 겨드랑이를 파고들고
신문 속보판 앞에 몇 사람이 서 있다
로터리 건널목 화장품 할인가게 앞
푸른 신호등이 켜지면 행진하듯 사람들이
뛰어 건너간다. 고가도로를 타고 온 버스 한 대가
기다리는 사람이 오지 않은 사람들 앞에 선다.
북쪽으로 난 창 먼발치 산은 머리를 풀어헤친 채
기지개를 편다.

오늘 우리는 뺨을 한 대 맞았다.

*노태우 정권을 무너뜨린 1988년 6월 항쟁을 가리킴

어.머.니
-1950년 9월

네 살 때였을까

엄마젖이 먹고 싶었을까
엄마! 하며 밥 짓던 어머니
부르며 부엌 문 열었을 때
어딜 들어와! 때릴 듯 부지깽이 쳐들고
화난 표정으로 노려보시던 어머니!

내게 남아 있는 단 하나의 엄마 모습이다

육이오 동란통에
흑백사진 한 장 남기고
죽은 어머니
어머니
어…

어.머.니 2
-1953년 4월

여덟 살 때였다 국민학교 1학년

어머니 돌아가신 지 삼 년 만에 밀례를 했다
전쟁통에 채마밭에 아무렇게나
묻었던 어머니를 선산으로 모셨다

처음이자 마지막이었다
울면서 어머니를 만났다
무덤 밖으로 나온,
백골로 누워 있는,

그날 이후
어머니에 대한 그리움도
추억도
없다
모자 갈등도 없고
고향도 없어졌다
어머니가 나오는 드라마
어머니가 주인공인 영화
하다못해 소설까지
보지 않았다

박인환 시인
-2017년 8월, 묘 앞에서

삶의 절반은 죽음이고
죽음의 절반은 허공이야
그 허공을 위해 삶의 절반을
투신한 거야
허당일세

소인 없는 편지처럼
살다가 죽는다네
지상에는 꽃이 피었다 지고
바람이 불고
태양이 뜨고 졌다네

살아보지 않은 날이
더 많으냐
살아봤던 날이
더 많으냐

그건 계산할 필요가 없다네

영화감독 이규형
-2020년 2월

규형아

이제 비로소 편해진 거지?

그놈의 돈 돈 돈

돈 걱정없는 곳으로 간 거지

청춘스케치 이후 반짝 보석같이 빛나던 네가

영화 한 편으로 폭망할 줄 누가 알았겠니

차라리 잘됐다 니가 보내오는 문자를 읽으며

답을 보내지 않아도 되었으니

규형아

제발 그곳에선

네가 늘 이야기했던 동화를 쓰거라

어린왕자보담 더 기막힌 동화 써두었다가

그때 나 만나거든 내 출판사에서 대박나게 해주라

규형아

잘가라

장사익
-댄서의 순정을 노래하는

담벼락을 긁는,

태엽이 풀린,

반 박자 느린,

아니 한 박자 이상 느린,

까마득하게 멀어져 간,

이 도시 뒷골목 청춘 저 너머

마지막 열차도 떠나가 버린,

찔레꽃 향기보다 가시에 피흘리는,

한 생애여

해설을 대신해서 –

이른바 중공中共

트럼프 미국 정부는 공식적으로, 얼마 전부터 중국을 '중공'으로 부르겠다고 결정했다. 이와 함께 시진핑 중국 국가주석(president) 의 호칭을 중국공산당 제1서기(first secretary of the china comm- unist party)라고 부르고 있다. 이는 그동안 사용해 온 '중화인민공 화국'이라는 국명을 파기하는 셈이다. 중국 정부가 자초한 것이다. 1997년 홍콩 귀속 때 영국과 중국 정부는 '일국양제─國兩制' 체제로 통치하기로 명문화하여 이를 국제적으로 공인했는데, 이를 중국측 이 일방적으로 파기한 데서 자초한 상황이다. 미국이 1979년 닉슨 대통령 당시 중국과 수교하면서 정식 국명인 '중화인민공화국'으로 부르기 시작한 지 만 41년만에, 다시 원래의 '중국공산당'으로 돌아 간 것이다.

따지고 보면 그동안 국제사회에서 보여준 중국의 행태는 사실상 중공, 즉 중국공산당 정부나 다름없었다. 쑨원孫文의 정치적 신조인 '삼민주의三民主義'를 국가의 통치이념으로 삼는다면서 '인민'을 위하 기는커녕 '공산당'만을 위한 일당독재를 해 온 중공이었다. 중국공산 당은 이웃 국가와 공존공영 하는 대신 '중국공산당을 위한, 중국공

121

산당에 의한, 공산당의 통치'를 하면서 위력으로써 윽박지르고 경제력으로써 짓밟곤 했다. '사드'를 배치했다는 것을 빌미로 한국의 롯데를 한 푼도 건지지 못하게 한 채 쫓아냈을 뿐만 아니라 중국인민들이 그렇게 보고 듣고 싶어 하는 '한류韓流'를 들어오지도, 발붙이지도 못하게 했다.

미국이 왜 '중공'이라는 공식 명칭으로 전환하게 되었는지 물어 볼 필요도 없다. 직접적인 원인은 야만적인 홍콩민주화 탄압 때문이다. 사실 중국공산당 정부가 지구상에 존재하기 시작한 것은 따지고 보면 얼마 되지 않는다. 1949년 10월 1일 장제스蔣介石의 국민당과 마오쩌뚱毛澤東의 공산당이 전투를 벌인 결과, 소련의 원조를 받은 공산당이 승리하면서 세운 나라가 바로 '중화인민공화국'이다. 말만 그럴듯한 '인민공화국'이지 중국공산당 일당독재 체제이다. 중공中共은 원래 중국공산당의 약칭이니까 국가 이름을 중공이라고 해도 틀리지 않는다. 중공은 3권분립을 특징으로 하는 서구 민주주의 정치와 달리 '전국인민대표회의'가 모든 사법과 행정을 감독하는, 이른바 '민주집중제'를 실시하고 있다. 이는 중국공산당에 의한 허울 좋은 일당독재에 지나지 않는다. 그 중국 공산당은 홍콩보안법이라는 괴물 법을 통과시킨 후부터 지금 홍콩에서 무시무시한 폭력·공포·탄압 정치를 자행하고 있다.

일당독재 一黨獨裁

4.15총선으로 집권을 연장한 여당의석은 180석 가깝다. 모든 법안은 물론 마음만 먹으면(아마 결정할 것이다) 헌법 개정마저 가능하다. 그래서 야당들은 '일당 독재'를 걱정했고 그것이 현실이 되고 있

다. 여당 혼자서 국가 정책 현안을 자기들 마음대로 결정하는 현상을 의미한다. 일당 독재를 하는 국가의 대통령은 자동으로 독재자가 된다. 정치학에서는 특정 정당이 의회의 의석을 80% 정도를 차지하면 일당 독재라고 부른다. 이런 경우 모든 법안은 그 당 혼자만의 힘으로 마음대로 의결시킬 수 있다. 다른 정당의 협력은 사실상 필요 없다. 이런 꼴인데도 대통령은 '협치協治'를 말하고 있다. 선한 사마리아인이 되고 싶은 모양이다. 남들에게 민주주의처럼 보이도록 하기 위해서다. 사실 민주주의 국가들 중에서도 진영 논리로 자기 당의 오점을 가리려고 '개짓거리'를 하는 경우가 많다고 한다. 권력에 취하면 필연적으로 일당 독재의 유혹을 뿌리칠 수가 없다. 그리고 그 권력은 당연히 썩고, 폭망하는 지름길로 치닫게 된다.

그러나 일당 독재를 '인민민주주의'로 포장하는 경우도 있다. 중공이 그렇고 북한이 그렇다. 노벨평화상 수상자인 중국의 인권 운동가 류샤오보가 목숨을 바치면서까지 그토록 소망한 것은 바로 인권과 자유, 민주주의 나라였다. 그런데 류사오보를 비난하는 이른바 중국의 지식인들은 중국식 정치 체제를 옹호한다. 그들은 서구식 의회 제도로는 인민의 뜻을 제대로 반영하지 못해서 '거세된 민주주의' '순한 양으로 길들여진 민주주의'라며 격렬하게 비판한다. 중국식 일당 체제만이 인민의 요구에 곧바로 응답할 수 있는 더 좋은 민주주의라고 주장하는 것이다. 말도 안 되는 억지 주장이다.

대한민국 국회는 21대의 원 구성을 둘러싸고 여야 대치 끝에 (대치랄 것도 없었다. 워낙 야당의원 수가 적으니) 여당은 18개 상임위원장을 '싹쓰리'했다. 그러자 야당들은 당장 '일당 독재'라고 비난했다. 이런 비판에 대해 여당은 '일하는 국회'를 위해 불가피한 선택이라고 주장한다. 어떤 여당의원은 "일당 독재라는 주장은 의회 민주주의에 모순되는 개념"이라며 "야당이 정치적으로 활용하기 위해 쓰고 있지만, 말도 안 되는 소리"라고 반박했다. 제1야당의 불참 속에 상임위원장 선출 절차가 진행된 것은 1967년 이후 53년 만이다. 일당 독재의 끝이 어디인지, 국민들은 눈을 부릅뜨고 지켜볼 일이다.

빨갱이

6.25 한국전쟁 때 '다부동' 전투를 승리로 이끌어 패망 직전의 대한민국을 구한 전설적인 장군 백선엽 대장이 영면했다. 당연히 국가를 지키다 죽은 영령이 묻혀 있는 동작동 국립현충원에 모셔야 하는데, "일제 강점기 시절 만주 일본군 토벌대에서 복무했던 친일파를 절대 국립현충원에 모실 수 없다"는 집권 좌파들의 위력으로 겨우 대전현충원에 안장했다. 이런 논쟁이 있을 때마다 우파 국민들은 "빨갱이들이 대한민국을 통째로 북한과 중국에 갖다 바칠지도 모른다"면서 "그렇게도 북한이 좋으면 아예 빨갱이들은 모두 북으로 가라"고 비난한다.

이렇게 '종북 좌파'를 비난할 때 쓰는 '빨갱이'란 말이 사실은 예쁜 물고기 이름이란 사실을 아는 이는 별로 없다. '빨갱이'는 망둑엇과에 속하는 몸의 길이 17센티미터 정도의 바닷물고기이다. 붉은 황색에 둥근 비늘로 덮여 있고, 머리 뒤쪽에서 시작한 등지느러미는 뒷지느러미, 꼬리지느러미와 연결되어 있으며 좌우의 배지느러미는 빨판을 이룬다. 이 '빨갱이'는 한국, 일본, 인도네시아, 남아프리카 등지에 분포하는 어종이다.

국어대사전에 보면 적색분자 또는 공산당 추종자를 가리키며 그들을 비하하며 쓰는 단어는 '빨강이'이다. 이 말은 일제 강점기 시절에는 사용되지 않았다. 그러다가 8.15 해방이 되고 좌우로 갈려 싸우던 때 처음 사용되기 시작하다가 6.25전쟁을 겪으면서 '빨강이'는 '빨갱이'로 바뀌어 공산주의자들을 가리키는 일반 명사처럼 쓰이기 시작했다. '빨갱이'라는 단어와 함께 공산주의자를 가리키는 또다른 단어로는 '붉은 개'라는 뜻을 지닌 적구赤狗가 있다.

공산주의의 상징은 붉은 색이다. 공산주의 종주국 소비에트연방 국기는 물론, 중국공산당의 '오성홍기五星紅旗', 북한의 이른바 공화국 국기 등이 모두 빨간 색이다. 공산당은 유난히 빨간 색을 좋아한다. 빨간 색은 파괴와 분노, 위험, 혁명의 상징이라고 한다. 그래서일까. 공산당은 적색을 혁명의 상징으로 쓴다. 중국 공산당 군대인 홍군紅軍, 중국을 망친 마오쩌둥의 친위대인 홍위병紅衛兵이 모두 빨간 색이다.

동무

8.15 해방 이후 좌우 대립이 격렬해지면서 어째 빼앗기고 오해받을까봐 쓰지 않은 단어들이 꽤 있다. 예를 들면 '인민'과 '조선' 같은 말이다. 전혀 쓰지 않는 것은 아니지만 자주 쓰지는 않는다. "오천만 조선 인민은…" 하는 말은, 영락없이 '빨갱이'들이 하는 말이고 대한민국 국민이 할 수 있는 말로는, 조금은 용납되기 어렵다는 인상을 준다. 이 단어는 북한의 이른바 '국호國號'라는 데 들어 있는 단어여서 그렇다 치더라도 '동무'라는 말조차도 어린이들 말고는 거의 경원당하고 있는 셈이다.

"저 있잖아, 내 동무 경애 말인데, 걔 동생이 아까 차에 치여서 병원에 갔어…"라고 예전 초등학교 저학년 딸아이가 '경애'를 '동무'라고 말한 적이 있다. 딸아이가 읽는 어린이 잡지에 "어깨동무"라는 것이 있어서 가끔 사다주고는 했었다. 이 잡지의 이름처럼 '동무'란 단어는 유소년 시절에 가끔 쓰이다가 청소년기를 지나 대학에 들어가서는 어느새 '친구'로 바뀌었다.

이제 우리 사회에서 '동무'란 말은 아예 쓰지 않는 듯하다. 지난날 더러 '동무'라 말하고 쓰는 이도 있었는데, 이 단어는 사실은 '동무同務'라는 한자어이다. 저들이 '동지'를 뜻하는 정치적인 용어를 '동무'로 쓰면서 순수한 의미의 "백합 같은 내 동무야"의 이미지는 흐려졌다고 할 수 있다. 조금 더 거슬러 올라가면 조선왕조 말엽 팔도를 돌아다니며 장사를 하던 보부상褓負商들이 서로를 일컬어 '동무'라고 했다고 하던가. 그들이 길을 걸어가다가 상대가 자기와 같은 보부상인데 안면이 없었다면 수작을 거는 것이다. "보아 하니 동무인 듯합니다." "네, 같은 동무이십니다그려." 다만 길동무가 반드시 '길벗'이어야 한다든지, '글동무'가 반드시 '글벗'이어야 할 까닭은 없다. 정치의 제물로 된 말을 아버지에게도, 형한테도, 할머니한테도 쓸 수 있다는 저들의 '동무'는, 우리에게는 언짢은 선입관을 넣어준 것이다. (국어학자 박갑천 선생님의 글 일부 인용)

좌파냐 우파냐

대한민국은 지금 좌파左派와 우파右派가 결사적으로 싸우는 결전장이다. 우파는 스스로를 가리켜 '자유 우파'라든가 '보수 우파'라는 식으로 말하곤 하는데, 좌파는 스스로 자신을 '좌파'라는 호칭 대신 '진보파'라고 불리기를 좋아한다. 왜 우파는 정직하게 정체를 밝히는 데 비해, 좌파는 진보파라고 슬쩍 에둘러 말할까. 그걸 따지지는 않겠다.

나는 비행기를 탈 때마다 늘 창가 좌석을 달라고 해서 창가에 앉는다. 창가 자리에 앉으면 비행기의 양쪽 날개가 보인다. 비행기는, 새가 하늘을 나는 것을 본떠 만들었다니까 양쪽 날개가 있는 건 너무나 당연하다. 앞으로 문명이 더 발달하면 한쪽 날개로만 날아다니는 비행기도 등장할는지는 모르겠다. 아무튼 새와 비행기처럼 인간의 이념도 좌파·우파가 서로 공존해야 한다고 생각한다.

좌파·우파의 개념은 프랑스 대혁명 당시, 사회변동에 온건하고 안정을 지향하는 지롱드당이 의회의 오른쪽에, 급진적인 세력인 몽테뉴당이 의회의 왼쪽에 앉은 데서 유래한 말이라고 한다. 그 당시 '좌파'는 '공화주의'라는 전제가 있지만, 기득권 계층과 주류 세력으로부터 버려진 사람들의 편에서 사회적 변화를 추구하려는 세력이었다. 프랑스 대혁명 당시 절대군주의 권력에 맞서 프랑스 전체 시민의 권리를 지키려고 한 사람들이 '좌파'였는데, 그 중에는 요즈음 '우파'로 분류되는 부르주아지도 포함되었다.

21세기로 접어들면서 절차적 민주주의가 어느 정도 달성되어 노동운동, 즉 노동자들의 권리를 대변하는 세력이 '좌파'로 불리는 경우가 많아졌다. 따라서 현대적 의미의 좌파는 사회적 평등을 추구하고 사회적 계급과 사회적 불평등에 반대하는 정치적 입장인 반면 우파는 사회적 불평등이 어느 정도 불가피하며 기존의 사회질서를 유지 발전시키는 게 바람직하다고 말한다. 좌파는 기존의 사회질서를 변화와 혁명의 대상으로 보고, 이를 실현하기 위해 (자유 체제보다는) 국가가 개입하는, 보다 큰 정부를 지향한다. 우리나라 좌파는 민족주의의 성향을 띤 민중 민주주의 세력이 더욱 강하다고 한다. 그래서 '종북세력'은 진정한 좌파도 아닌 셈이다. 그렇다면 한국의 '좌파'는 어느 정치학자가 개념 정리한 '깡통 좌파'일까.

시를 악용하는 것 같은 대통령

문재인 대통령이 2019년 북유럽 3개국 순방 때 들른 스웨덴 스톡홀름 구 하원의사당에서 연설 중간에 시 한 편을 읽었다.

그 중립국에서는 대통령 이름은 잘 몰라도
새 이름, 꽃 이름, 지휘자 이름, 극작가 이름은 훤하더란다
자기네 포도밭은 사람 상처 내는
미사일 기지도 탱크 기지도 들어올 수 없는 나라
황톳빛 노을 물든 석양

1968년에 발표한 신동엽 시인의 「산문시 1」 중의 일부다. 이 시를 소개하며 '문비어천가'를 써대는 언론들은 신나게 자화자찬의 나팔을 불어댔다. 늘 겪어온 대로 역시 '그들은' 정말 '감성팔이' 도사들이다.

문재인 대통령은 이 시를 인용하고 나서 이렇게 연설을 이었다. "한국인들은 이 시를 읽으며 수준 높은 민주주의와 평화, 복지를 상상했다." "스웨덴은 서울과 평양, 판문점 총 3개의 공식 대표부를 둔 세계에서 유일한 나라다. 북한 역시 스웨덴의 중립성과 공정함에 신

뢰를 보여주고 있다."

이처럼 문재인 대통령은 선거운동을 할 때도, 경선을 진행할 때도, 새해 아침의 일상을 소개할 때도 자주 본인이 '좋아한다'는 시를 들려주곤 했다. 박노해, 도종환, 고정희 등이 단골시인들이다. 대통령이 누구의 시를 좋아하든 그것은 대통령의 자유다.(그 시를 읽으라고 권하는 연설비서관의 자유다) 그러나 대통령이 좋아한다는 시가 거의 모두 한쪽으로 편향된 시인들뿐인가. 그 시인들만이 우리 시대를 이야기할 수 있는 훌륭한 시인들인가. 또 좋아한다는 시를 소개할 때마다 어쩜 그리도 그 시를 소개할 무렵의 정치적 정략과 절묘하게 맞아 떨어지는 메시지를 담은 시들 뿐인가. 연설비서관의 안목이 놀랍다.

스웨덴에서 소개한, 굳이 그 많은 시들 중에서 하필 "미사일 기지도 탱크 기지도 들어올 수 없는 나라"라는 구절이 들어 있는 신동엽 시인의 시를 선택했는지, 그 정치적 속셈이 빤히 들여다보인다. 제발 나 혼자만의 편견이었으면 한다. 문재인 대통령, 앞으로는 제발 시를 정략에 악용하지 마십시오. 시를 너무 오염시키지 말아 주십시오.

「새나라 송」 전문

문재인 대통령이 2019년 8월 15일 광복절 경축사에서 인용한 김기림 시인의 「새나라 송㎂」 전문을 공개한다. 이 시는 김기림 시인이 해방 후 혼란스러운 정국을 향해, 좌우 이념 진영을 향해 이념 싸움을 중지하고 "새 나라를 건설하는 일에 매진하자"는 메시지를 담은 시이다. 그런데 이런 시인의 생각은 외면하고 입맛에 맞는 구절만 달랑 써먹은 때문에 전문을 공개하는 것이다.

시의 전문全文을 꼭 마지막 행까지 읽어 보시라.
거리로 마을로 산으로 골짜구니로
이어가는 전선電線은 새 나라의 신경
이름 없는 나루 외따른 동리일망정
빠진 곳 하나 없이 기름과 피
골고루 돌아 다사로운 땅이 되라

어린 기사技士들 어서 자라나
굴뚝마다 우리들의 검은 꽃묶음
연기를 올리자
김빠진 공장마다 동력을 보내서
그대와 나 온 백성이 새 나라 키워 가자

산신山神과 살기와 염병이 함께 사는 비석碑石이 흔한 마을에
모터와 전기를 보내서
산신을 쫓고 마마를 몰아내자
기름 친 기계로 운명과 농장을 휘몰아 갈
희망과 자신과 힘을 보내자

용광로에 불을 켜라 새 나라의 심장에
철선鐵線을 뽑고 철근을 늘이고 철판을 펴리자
세멘과 철과 희망 위에
아무도 흔들 수 없는 새 나라 세워 가자

녹슬은 궤도에 우리들의 기관차 달리자

전쟁에 해여진 화차와 트럭에

벽돌을 싣자 세멘을 올리자

애매한 지배와 굴욕이 좀먹던 부락과 나루에

내 나라 굳은 터 다져 가자

문학인이 하지 말아야 할 일

일제 강점기 시절에 활동한 시인 작가에게는 '친일문학인'라는 딱지를 붙여 놓고 침을 뱉는다. 친일문학인이라는 딱지가 붙으면 교과서에 실려 있던 글이 삭제되는 건 물론, 후손은 죄인으로 산다. 또 이승만 자유당 정권에 빌붙어 친정부 활동을 했던 문학인들에게는 이른바 '우남파' '만송파'라는 불명예스런 딱지를 붙인다. '우남霉南'은 이승만의 호, '만송晚松'은 이기붕 국회의장의 호다. 이승만 정권이 무너지고 들어선 장면 민주당 정권을 강제로 빼앗고 집권한 박정희 정권, 전두환 정권에 협력한 문인들에게도 친일파 문학인과 같은 수준으로 폄훼한다. 권력에 기대하는 건 타락으로 여기기 때문이다.

그런데,『문재인 스토리』라는 제목의 문재인 대선용 홍보 책자가 서점에 있다. 교보문고 보도자료를 보면 "문재인이라는 사람과 이런저런 인연을 맺었던 이들의 사연을 모은 책으로, 어릴 적 친구, 학교 동창, 군대 동기, 이웃에 살던 사람, 함께 일했던 동료, 사회에서 만난 지인 등 다양한 목소리가 담겨 있다."고 했다. 이 책을 책임 편집한 이는 전문편집자가 아니다. 「긍정적인 밥」이라는 훌륭한 시를 발표했던 시인 함민복과 재능 있는 김민정 시인이다.

이런 경우를 놓고 칭찬할 일인가, 비난할 일인가. 나는 적어도 '친일행위'를 비난하고 '우남파' '만송파'를 비난하는 잣대로라면 당연히 비난을 해도 좋다고 생각한다. 글자 그대로 시대정신을 소유한 작가, 진정한 시 정신을 소유한 시인이라면 당연히 이런 식의 '진흙탕'에는 몸을 담그지 말았어야 한다고 생각한다. 이 책의 편집제작에 참여한 분들은 그 후 이 정권의 영향력에 포함된 여러 문화단체, 문학상 심사, 각종 위원회 등에 참여한 분들이 적지 않다고 들었다. 정권은 한순간이다. 다 지나간다. 시인이라면 모름지기 자기가 쓰고 있는 시처럼 살았으면 좋겠다. 권력이 주는 먹이는 맛이 있을 것 같지만 결국은 독毒일 뿐이다.

조국을 지지한다?

2019년 10월 7일 일부 문학인들은 여의도 국회정론관에 모여 작가 1,276명의 이름으로 "조국을 지지한다. 검찰 개혁을 완수하라"는 현수막을 펼쳐들고 '조국 지지' 성명서를 발표했다. 시인으로는 함민복, 이시영, 안도현, 장석남, 정 양, 이상국, 이동순, 이재무, 이정록, 나희덕, 박 준 등 661명이 서명했다. 이는 우리나라 전체 시인 중 10%도 안 되는 적은 숫자다. 이들은, 범죄혐의 투성이에 반국민적 지탄 대상인 인물까지 두둔하며 그를 구하겠다는 '행동대원'에 다름 아니다. 일단 사랑하게 되면 아무리 더러운 사랑이라도 그에게 매달리는 어리석고 눈 먼 사랑을 보는 듯하다. 시대정신을 담아 시를 쓰는 문학인이 이런 외눈박이 시각과 진영 논리에 맹종하는 모습으로 등장한 모습에서 시인이란 내 자신이 참담하고 부끄러웠다. 이 시인들 중에는 친구들도 적지 않다. 친구들아. "모든 권력은 국민으로부터 나온다"는 헌법정신을 알고나 있으신가? 온갖 특혜와 편법으로

온 국민, 특히 젊은이들을 절망에 빠뜨린 '조국'과 '검찰개혁'이 등가
等價 가치가 있다는 말이신가? 서명하기 전에 성명서를 모두 꼼꼼히 살펴보고 공감해서 직접 서명하신 것인가? 아는 분들이 전화해서 이름을 올린다고 하자 대충 그러라고 한 건 아니신가?

　모름지기 문학인의 이름은 이런 패거리 활동에 쓰자는 것이 아니다. 작품으로써 비판하고 메시지를 던졌어야 한다. 정권은 곧 지나가고 시대는 곧 바뀐다. 아마 2,3년, 아니 더 빨라질 수도 있겠다. 그런 후에도 이 지지 성명서에 서명한 것을 후회하지 않을 자신이 있는지 스스로에게 물어 보시라. 이런 지지성명서 역시, 창씨개명, 대동아전쟁 지지, 우남파, 만송파 지지 서명, 전두환 지지… 등과 비슷한 역사적 연장선상이다. 조국지지 성명서에서 "우리의 미래가 가야 할 길을 막아 서는 세력과는 분연히 투쟁하겠다"고 하셨는데, 지켜 보겠다. 그래서 나는 성명서 서명 시인 661명의 명단을 고이 간직하고 있다.*

seestarbooks 014

민윤기 다섯 번째 시집
홍콩

초판 인쇄 2020. 8. 20
초판 발행 2020. 8. 25

지은이 민윤기
펴낸이 김상철
펴낸곳 스타북스

등록번호 제300-2006-00104호
주소 서울시 종로구 19길(종로1가) 르메이에르 종로타운 1415호
전화 02-735-1312 팩스 02-735-5501
이메일 starbooks22@naver.com

ISBN 979-11-5795-539-8 03810

*이 도서의 국립중앙도서관 출판예정도서목록(CIP)은
서지정보유통지원시스템 홈페이지(http://seoji.nl.go.kr)와
국가자료공동목록시스템(http://www.nl.go.kr/kolisnet)에서
이용할 수 있습니다. (CIP제어번호 : CIP2020032687)